# Escalones

# Grandes camiones

TWO CAN™

PRINCETON ▪ LONDON

Publicado en Estados Unidos y Canadá por
Two-Can Publishing LLC
234 Nassau Street
Princeton, NJ 08542

© 2002 Two-Can Publishing

Para más información sobre libros y multimedia Two-Can,
llame al teléfono 1-609-921-6700, fax 1-609-921-3349
o consulte nuestro sitio Web http://www.two-canpublishing.com

Creado por
**act-two**
346 Old Street
London EC1V 9RB

**Texto**: Angela Wilkes
**Cuento de**: Belinda Webster
**Consultora**: David Glover
**Ilustraciones principales**: Gaëtan Evrard
**Ilustraciones por computadora**: Jon Stuart
**Editoras**: Sarah Levete y Julia Hillyard
**Diseñadora**: Lisa Nutt
**Directora editorial**: Deborah Kespert
**Directora de arte**: Belinda Webster
**Administrador de Producción**: Adam Wilde
**Recolección de fotografías**: Jenny West y Liz Eddison
**Directora de Producción**: Lorraine Estelle
**Versión en español**: Susana Pasternac

'Two-Can' es una marca registrada de Two-Can Publishing.
Two-Can Publishing es una división de Zenith Entertainment plc,
43-45 Dorset Street, London W1U 7NA

HC ISBN 1-58728-407-3
SC ISBN 1-58728-410-3

1 2 3 4 5 6 7 8 9 10 04 03 02

**Créditos de fotos**: : p7: Images Colour Library;
p9: Robert Harding; p11: Telegraph Colour Library;
p16: The Stock Market; p19: Still Pictures; p22: Britstock.

Impreso en Hong Kong por Wing King Tong

# ¿Qué hay adentro?

Este libro te explica cosas sobre muchos camiones. Aquí descubrirás cómo la gente los usa para construir edificios altos, apagar incendios y despejar la nieve.

4 La aplanadora

6 La grúa

8 La mezcladora

10 La excavadora

12 La obra en construcción

14 El quitanieves

16 El camión de basura

18 El transportador de autos

20 El camión de bomberos

22 El tractor

24 En la ciudad

26 Cuento

31 Acertijos

32 Preguntas e Índice

# La aplanadora

La aplanadora es el primer camión que llega a una obra en construcción. Este poderoso camión retira grandes cantidades de piedras y tierra, y empareja el suelo para que los obreros puedan construir casas y carreteras.

La **cabina** tiene ventanillas con vidrios gruesos para proteger al conductor del ruido del motor.

Los **dientes de la pala** rompen el duro suelo rocoso.

La **oruga** le permite avanzar fácilmente entre las piedras y los montículos de tierra.

4

El humo del motor sale por un largo **tubo de escape**.

## ¿Sabías que...?

¡Esta aplanadora funciona bajo el agua! Está limpiando una zanja para que se puedan poner caños.

Una **paleta** de metal saca del camino las pilas de piedras y tierra.

# La grúa

La grúa levanta los objetos pesados. Una grúa levanta un objeto, gira y lo pone en otro lugar. Puede poner un caño en un pozo profundo o sobre el techo de un alto edificio.

Esta grúa levanta un gran caño sujeto por cables a un **gancho**.

Un caño es una **carga** muy pesada.

## ¿Sabías que...?

La grúa levanta los objetos con su largo brazo. ¡El brazo de esta grúa puede ser tan largo como una cancha de fútbol!

El brazo de la grúa se llama **aguilón**. El aguilón se puede mover de arriba hacia abajo y de un lado al otro y puede llegar cerca o muy lejos.

El **conductor de la grúa** mueve el aguilón.

En este activo puerto se ven grúas enormes que ponen o sacan las cajas de los barcos.

Unos enormes pies, llamados **gatos**, impiden que la grúa pueda volcar.

# La mezcladora

La mezcladora transporta la mezcla de hormigón o concreto a la obra. ¡En su enorme tambor los ingredientes se mezclan como si fuera un pastel! Luego, vierte el concreto y poco después éste se endurece. El concreto se usa para levantar paredes, hacer pisos, techos y hasta puentes y autopistas.

El agua para hacer el concreto se almacena en un pequeño **tanque**.

## ¿Sabías que...?

El tambor de una mezcladora de concreto es a veces tan grande que hay espacio para un auto.

El **tambor** gira lentamente para mezclar la arena, el agua y el cemento en polvo.

Esta mezcladora bombea el concreto para terminar la construcción de una casa.

La mezcla de concreto corre por una **canaleja** hasta el suelo.

Un albañil empareja la mezcla de **concreto**. ¡Rápido, porque se seca y se endurece como una piedra!

# La excavadora

La excavadora extrae la tierra y hace grandes hoyos. Es como una cubeta y una pala gigantes, y saca la tierra de un lugar y la pone en otro.

## ¿Sabías que...?

Una persona trabajaría 100 días para sacar la tierra que una excavadora saca en una hora.

Los **dientes de metal**, afilados como cuchillos, rompen el suelo rocoso.

El **cangilón** puede sacar una enorme pila de tierra y piedras.

Una **plataforma giratoria** hace que la cabina gire en redondo. El conductor puede sacar la tierra de un lugar, dar vuelta y ponerla en otro.

El largo **brazo** de metal puede llegar a lugares difíciles. Se dobla igual que tu codo.

Esta excavadora vacía su **cangilón** lleno de piedras en un camión de volteo para transportarlo a otro lugar.

El conductor mueve la **palanca** para levantar el cangilón.

11

# La obra en construcción

¡Ruidos, alboroto, chirridos! La obra en construcción está llena de camiones. ¿Qué crees que están construyendo?

12

## Palabras que ya sabes

He aquí algunas palabras que ya has visto en este libro. Léelas en voz alta y luego trata de encontrar las cosas en el dibujo.

| | |
|---|---|
| canaleja | cangilón |
| oruga | gato |
| aguilón | tambor |

¿Dónde se mezcla el concreto antes de desparramarlo por el suelo?

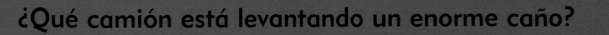

¿Qué camión está levantando un enorme caño?

# El quitanieves

Cuando cae mucha nieve se bloquean los caminos y los rieles de ferrocarriles. ¡Hasta te puede impedir ir a la escuela! Un quitanieves hace un sendero en medio de la nieve profunda para que el tráfico pueda avanzar nuevamente.

Algunos quitanieves tienen **paletas** que dan vueltas. Así aspiran hacia el soplador las montañas de nieve acumuladas.

Un largo **tubo** echa hacia un costado la nieve que saca del camino.

Otros quitanieves tienen una enorme pala encorvada que empuja la nieve hacia los costados del camino.

Los **limpiaparabrisas** barren la nieve que cae sobre el parabrisas del conductor.

## ¿Sabías que...?

Se ponen quitanieves delante de los trenes para sacar la nieve amontonada sobre los rieles.

Unos **faros** brillantes permiten que el conductor pueda ver delante de él.

Unas poderosas **cadenas** se agarran al pavimento resbaloso e impiden que las ruedas patinen.

# El camión de basura

Todo lo que tiras va a parar a un bote de basura. Después, un empleado recoge el bote y lo lleva a un camión de basura. El camión lo lleva a un centro de reciclaje o a un basurero.

El **empleado** lleva el bote de basura al camión.

El **bote de basura** tiene que ser grande para recibir todo tipo de basura.

Un **brazo móvil** levanta el bote de basura y lo vacía dentro del camión.

Dentro del camión hay una **máquina** que aplasta la basura para que no ocupe mucho lugar.

La máquina aplastadora empuja la basura al fondo del **tanque**.

El camión de basura vacía su carga en el basurero. La parte de atrás se levanta y toda la basura cae al suelo.

# El transportador de autos

Un camión transportador de autos lleva los autos nuevos de la fábrica a los negocios donde los venden. Puede llevar muchos autos a la vez.

Los autos van en fila en las **plataformas**. Este camión transportador tiene dos plataformas: una arriba y otra abajo.

Unos **retenes** de metal impiden que los autos se caigan del camión.

Un mecánico sube los autos al camión por una **rampa**.

En viajes muy largos la **cabina** es la casa del conductor. Tiene una cama para dormir.

Este camión transportador tiene una sola plataforma. Lleva un camión gigantesco a la obra en construcción.

El camión tiene muchas **ruedas** para poder soportar la carga de todos los autos.

# El camión de bomberos

En la estación de bomberos suena la alarma. En unos minutos, un reluciente camión rojo y su equipo de bomberos llega al lugar del incendio. El camión lleva una manguera que los bomberos usan para apagar el fuego.

La **escalera** extensible sube muy alto para que el bombero pueda apuntar con la manguera hacia las llamas.

Una larga **manguera** lleva el agua desde la calle hasta el incendio.

El bombero está parado en una **cabina** de seguridad.

Los bomberos llevan ropa a **prueba de fuego** para que las llamas no los quemen.

La **luz intermitente** y la sirena advierten a la gente que deben despejar el camino.

## ¿Sabías que...?

¡Algunos camiones de bomberos llevan su propia agua, con la que podrías tomarte 100 duchas!

21

# El tractor

En la granja, el tractor ayuda todo el año en muchos trabajos. Empuja o arrastra los equipos pesados por el campo y sobre terreno difícil. Según las estaciones, un granjero puede usar el tractor para arar el campo, segar, transportar e incluso cosechar frutas.

## ¿Sabías que...?

El tractor más grande del mundo se llama Big Bud. Sus ruedas traseras son más altas que dos niños parados uno sobre el otro.

Este tractor arrastra un remolque. El remolque lleva una carga de heno para los animales.

Este tractor arrastra un arado. El arado cava los surcos en la tierra para plantar las semillas.

Los **retrovisores** ayudan al conductor a ver lo que pasa alrededor del camión.

Los **guardabarros** impiden que el barro salpique la cabina del conductor.

Los enormes **neumáticos** permiten que el tractor se mueva fácilmente en terreno embarrado.

# En la ciudad

Los camiones grandes circulan por todos lados, en el fango y en la nieve. Están todos haciendo trabajos variados.

24

# ¿Qué usan los bomberos para apagar el incendio?

## Palabras que ya sabes

He aquí algunas palabras que ya has visto en este libro. Léelas en voz alta y luego trata de encontrar las cosas en el dibujo.

manguera       neumáticos
paletas        rampa
escalera       tanque

¿Qué camión está sacando la nieve del camino?

25

¿Cuántos autos hay en las plataformas del transportador de autos?

# El concurso

Desde una alta cerca de alambre con un letrero que dice "Obra en construcción. Prohibida la entrada", llegan los ruidos de las piedras que se entrechocan y el estruendo de los motores de los camiones que chirrían.

De pronto, el ruido se detiene. Es hora de comer y los obreros interrumpen el trabajo.

—¿Vieron la enorme carga que tuve que llevar esta mañana? —preguntó el conductor de la grúa mordiendo su sándwich—. Tuve que levantar el caño más grande que se puedan imaginar. ¡Era más pesado que el más grande de los dinosaurios!

—¿Y qué dices del enorme pozo que tuve que cavar para poner adentro tu caño? —contestó la conductora de la excavadora sorbiendo ruidosamente su chocolate caliente—. ¡Era tan profundo que hasta la más grande de las jirafas podría quedar parada adentro!

—Tendrían que ver todo el concreto que tuve que mezclar —dijo el conductor de la mezcladora—. ¡Si hubiera sido malteada de fresa, habría alimentado a todo un ejército!

—Ya es hora de terminar el almuerzo —dijo riendo el conductor de la grúa—. Todavía queda mucho por hacer. Mañana llega el alcalde para ver cómo va la piscina.

Los obreros se pusieron los duros cascos y volvieron a sus tareas.

—¡Excava, recoge, remueve! —entonó la conductora de la excavadora, mientras hacia otro enorme agujero para caños.

—¡Arriba, abajo, allí vamos! —canturreó el conductor de la grúa mientras levantaba otro enorme caño de un camión.

—¡Vueltas y más vueltas y al suelo! —tarareó el conductor de la mezcladora mientras preparaba otra tanda de concreto líquido.

Al final del día, los conductores lavaron sus camiones para limpiarles el barro. Querían que sus camiones lucieran impecables para la visita del alcalde.

Obra en
construcción
NO ENTRE

**27**

—¡Es increíble! —dijo el alcalde.

—¡Y usted, no me diga cuánto puede mezclar! —le dijo con un guiño al conductor de la mezcladora—. Me acaban de dar una idea para la gran inauguración. Organizaremos un concurso y le pediremos a los habitantes del pueblo que adivinen cuánto pueden hacer con sus camiones. El que dé la respuesta correcta ganará un fantástico premio misterioso.

Y el alcalde hizo un cartel especial...

Al día siguiente llegó el alcalde a la obra.

—Parece que han trabajado mucho —le dijo a la conductora de la excavadora, asomándose al enorme agujero.

—¿Sabe cuán profundo es ese pozo? —preguntó con picardía la conductora.

—No tengo la menor idea —contestó el alcalde.

—Profundo como para que se pare adentro la más alta de las jirafas.

—¡Impresionante! —dijo el alcalde.

—A que no adivina cuánto puedo levantar —lanzó provocativo el conductor de la grúa.

—Pues dígamelo —dijo con curiosidad el alcalde.

—Puedo levantar una carga tan pesada como el más grande de los dinosaurios.

☆ **GANE** ☆

UN FANTÁSTICO Y MISTERIOSO PREMIO en la gran inauguración de la nueva piscina.

¿CUÁNTA CARGA PUEDE LEVANTAR UNA GRÚA?

¿A QUÉ PROFUNDIDAD PUEDE EXCAVAR UNA EXCAVADORA?

¿CUÁNTO CONCRETO PUEDE MEZCLAR UNA MEZCLADORA?

Envíe sus respuestas al alcalde antes del viernes.

Los habitantes del pueblo visitaron la obra y observaron a los grandes camiones en plena acción desde la alta cerca de alambre. Sacaron fotos, tomaron notas e hicieron cálculos en sus libretas. Todos querían resolver las preguntas para ganar el misterioso premio.

La piscina estuvo lista justo a tiempo para el día fijado y todo el pueblo vino a la gran inauguración. Los enormes camiones estaban estacionados en la entrada de la nueva piscina para que todos pudieran verlos. El alcalde agradeció especialmente a sus obreros por construir la mejor piscina de todos los tiempos. Y todos aplaudieron.

—Llegó el momento que todos estábamos esperando. ¿Quién será el afortunado ganador del certamen? —dijo el alcalde.

Se hizo el silencio en la multitud.

GRAN INAUGURACIÓN

Cuando abrió la caja encontró adentro un casco amarillo manchado de barro.

—Muchas gracias —dijo Ana.

—Ponte el casco, Ana —aclamó el alcalde—. ¡Irás a dar una vuelta en el camión que más te guste!

Ana se puso el casco y subió de un salto a la cabina de la excavadora.

La multitud aplaudió y los conductores gritaron: ¡Hurra, hurra!

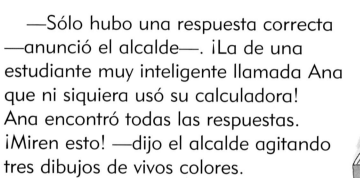

—Sólo hubo una respuesta correcta —anunció el alcalde—. ¡La de una estudiante muy inteligente llamada Ana que ni siquiera usó su calculadora! Ana encontró todas las respuestas. ¡Miren esto! —dijo el alcalde agitando tres dibujos de vivos colores.

Ana se acercó corriendo.

—¡Felicitaciones! —dijo el alcalde entregándole una caja atada con una cinta—. Eres la ganadora del premio misterioso.

Ana saltó de entusiasmo.

# Acertijos

## Sígueme

Adivina adónde van el camión de basura, el camión de bomberos y la excavadora. ¡Sigue las líneas y lo descubrirás!

camión de basura   camión de bomberos   excavadora

incendio   obra en construcción   basurero

## Con la lupa

Hemos aumentado partes de camiones diferentes. ¿Cuáles son?

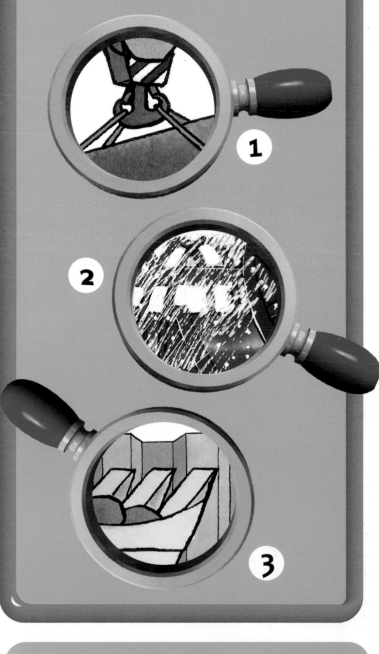

1

2

3

# ¿Cierto o falso?

¿Puedes decir cuáles de estos datos son ciertos? Puedes ver si acertaste en las páginas indicadas.

**1** Una persona trabajaría 100 días para sacar la tierra que una excavadora saca en una hora.
**Ve a la página 10**

**2** Las latas viejas pueden ser usadas para hacer autos nuevos.
**Ve a la página 17**

**3** El enorme tractor llamado *Big Bud* tiene neumáticos tan altos como un niño.
**Ve a la página 22**

**4** Algunas aplanadoras pueden hacer trabajos bajo el agua.
**Ve a la página 5**

# Índice

aplanadora **4, 5, 12, 13**

auto **18, 19, 24**

camión de basura **16, 17, 24**

camión de bomberos **20, 21, 25**

camión de volteo **11, 12, 13**

excavadora **10, 11, 12**

mezcladora **8, 9, 13**

obra en construcción **8, 12, 13**

quitanieves **14, 15, 25**

remolque **22**

tractor **22, 23, 25**

transportador de autos **18, 19, 24**

**Respuestas:** 1 cierto, 2 cierto, 3 falso, 4 cierto.